Jürgen Kassel FOTOS

Zepp Oberpichler TEXTE

HEARTZLAND

Das Ruhrgebiet
in schwarz-weißen Zeiten

Eine Herzensangelegenheit

Henselowsky
Boschmann

Verlag Henselowsky Boschmann
Gerichtsstraße 1, 46236 Bottrop
www.vonneruhr.de
E-Mail: post@vonneruhr.de
1. Auflage 2012
ISBN ISBN 978-3-942094-25-2
Herstellung: Westermann Druck Zwickau GmbH
Umschlagsfotos vorne und hinten: Jürgen Kassel
Layout und Satz: Jürgen Kassel

Inhaltsverzeichnis

Vorworte 4
Stormy Monday 6
Motorbiene 8
Der Schlüpper 10
Staunen lernen 12
Ledertasche 14
Hafenboot 16
Tuesday's Gone 18
Lied an der See 20
2000 Lichtjahre entfernt 1 22
2000 Lichtjahre entfernt 2 24
2000 Lichtjahre entfernt 3 26
2000 Lichtjahre entfernt 4 28
Geisterschloss 30
Wednesday Morning 3 A.M. 32
Wenn ich was zu sagen hätte 34
Ostern muss er kommen 36
Lasst die Organe schwingen 38
Eckstein 40
Eifelturm 42
Stationen 44
Thursday 46
Seifenkistenrennen 48
Sichtausfall 50
Manchmal möchte man blind sein 52
Olle Karre 54
Friday's Child 56
Drei zu zwei 58
Abgewetzt 60
Drei 62
Saturday Night's alright for Fighting 64
Tanzen 66
Wär so gerne gewesen 68
Sunday Morning 70
Ficke du 72
Komm, Kind 74
Aktion 76
Vita Jürgen Kassel und Zepp Oberpichler 78

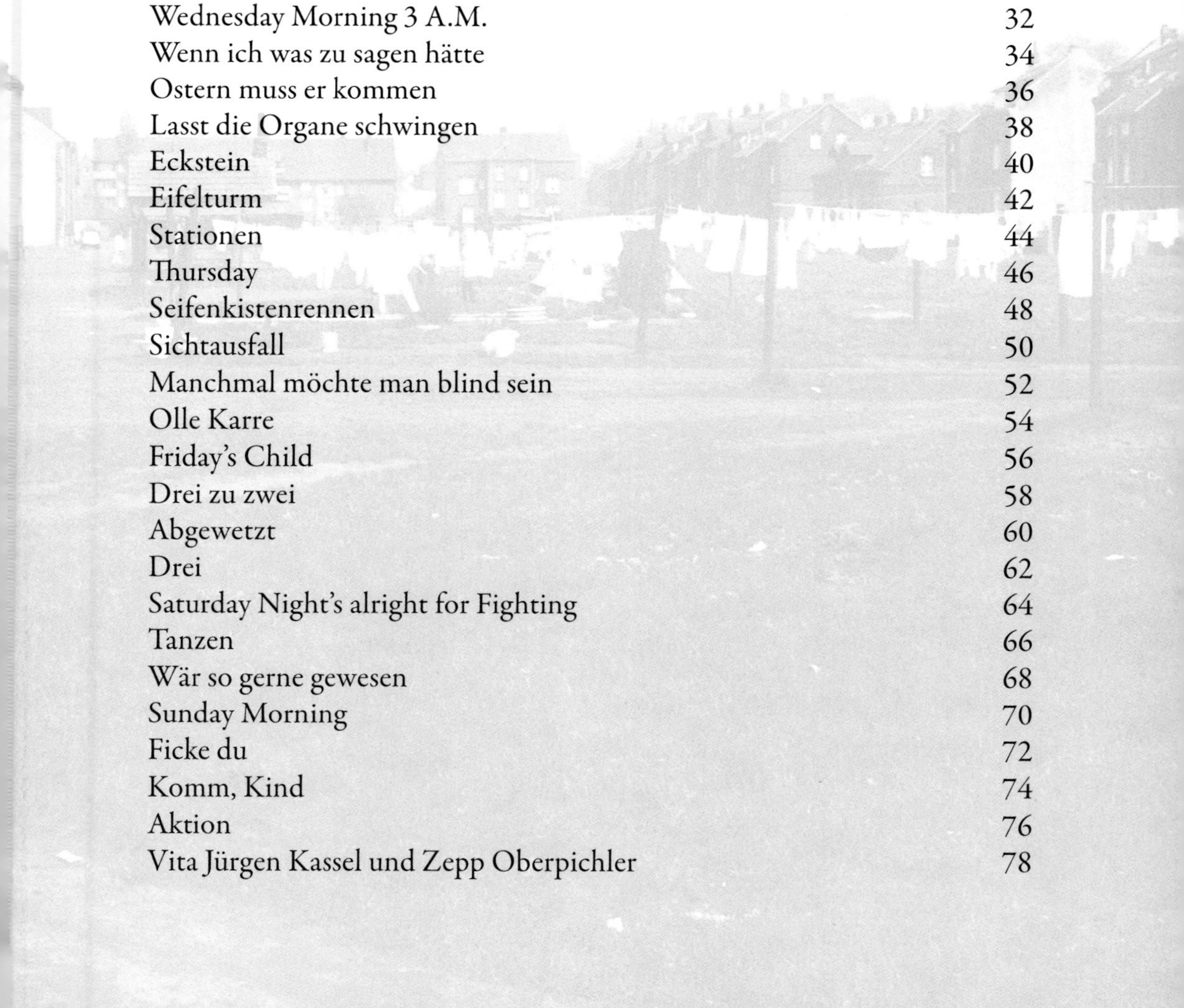

HEARTZLAND

Als mir Jürgen Kassel die Fotos zum vorliegenden Band zeigte, fiel mir spontan eine Zeile von Rio Reiser ein: »Zauberland ist abgebrannt.« Da waren sie wieder – die Straßen und Häuserschluchten meiner Kindheit, die Frauen im Fenster, der Platz draußen, das Grau über der Region. Da waren sie wieder – die Menschen, von Computer und facebook, von Burn-out und Freizeitstress, von Energiekrise und Atomausstieg keine Ahnung. Zufrieden mit dem Gedeck am Wochenende und trotz der ganzen Arbeit nie überdreht.
Ein Karussell gab es auf der Kirmes zu bestaunen, eine Seifenkiste auf dem Stümpenberg, den neuen Opel zwei Straßen weiter. In den engen Werksbuden der Bahn oder von MannesMann war zwar kein Platz vorhanden und Hände rutschten schneller aus, aber es gab Zeit. Und davon jede Menge. Zeit, um am Rhein, an der Ruhr, an der Emscher zu stromern, wie unser Omma immer sagte. »Na, wart ihr wieder stromern? Ihr seid'se.« Was immer das auch hieß – hinterfragt wurde nicht, eine Antwort hätte es eh nicht gegeben.
Und irgendwann wurde aus Schwarz-Weiß dann Farbe, aus analog digital, aus zeitlos rastlos.
Diese Bilder möchten nichts verklären. Diese Bilder möchten keine Heimeligkeit vorgaukeln, wo keine war. Aber diese Bilder sind ernst zu nehmen, als Dokumente einer Zeit, die ewig her scheint. Als Zeitzeugen eines Ruhrgebiets, das es so längst nicht mehr gibt.
Wenn Schimanski zur besten Sendezeit über den Innenhafen schaut und sagt: »Das ist nicht mehr mein Duisburg«, dann hat er verdammt noch mal Recht und es versetzt mir einen Stich. Und das meine ich jetzt »ohne Wertung«.
Nein, früher war nicht alles besser – aber heute ist es das auch nicht.
Zu jedem Bild habe ich einen eigenen Text geschrieben, also nicht irgendwelche Texte aus der Schatulle gekramt und sie lediglich Bildern zugeordnet. Mit einem Foto vor Augen lauschte ich den Stimmen in meinem Kopf, holte Verschüttetes zu Tage, assoziierte frei, spann rum, um der Momentaufnahme von damals eine Geschichte zu geben.
Und heute?
Zauberland ist abgebrannt?
Vielleicht müsste man treffender sagen: Ihm ging das Feuer aus.

Von einem, dessen Heart-Land es war.

Zepp Oberpichler

Die Fotos in diesem Band präsentieren Momentaufnahmen von Menschen und Lebensräumen im Ruhrgebiet Ende der 60er bis Anfang der 70er Jahre. Sie geben einen Einblick in die Umstände, unter denen die Menschen in dieser Zeit ihr Leben in die Hand nahmen und versuchten es zu meistern.

In meinem Gedächtnis ist die Entstehung der Bilder noch sehr präsent. Und doch wirken einige der Aufnahmen, als könnten sie wesentlich älter sein: Die Zeit seit dem Weltkrieg und dem anschließendem Wiederaufbau scheint mitunter stehengeblieben zu sein.

Mir liegt am Ruhrgebiet und an den Menschen, die hier leben. Dass hier eben nicht die »heile Welt« stattfindet und diese somit auch nicht zu präsentieren ist, ist mir ein Anliegen. Leben, Lieben und Leiden gehen im Ruhrgebiet seit jeher Hand in Hand. Das wird sicherlich in anderen Regionen auch so sein, aber ich kann da nur für das Ruhrgebiet sprechen und das ist doch schon eine Menge.

Heute mit »neuen« Augen auf diese Bilder zu schauen, die ja tatsächlich die alten Augen sind, bestätigt mich in meiner Zuneigung zum Ruhrgebiet. Möge es noch lange eigenwillig, trotzig und – ja, schlicht liebenswert bleiben.
Mit einer gehörigen Portion Dreck auf der Schaufel wird das schon gelingen.

Glück auf

Jürgen Kassel

STORMY MONDAY

Samstag!
Junge, Junge, da haben wir es wieder richtig krachen lassen. Der Lange kam schon um fünf Uhr nachmittags zu mir rüber und hatte die Ohren ab. Nachmittags! Völlig von der Rolle.
Hatte auch noch eine Flasche Rumverschnitt dabei – »Goldcoast« – ja klar. Schmeckte zwar eher nach Bordsteinkante, aber egal. Als dann die Sportschau anfing, hatte ich auch schon ein, zwei Lampen am glühen. Oben drüber bei den Kadzioks gab es wieder Geschrei, erst hat der dumme Sack wohl den Kleinen vertrimmt und sich dann seine Alte vorgenommen. Irgendwann treffe ich die blöde Sau mal im Dunkeln, am besten im Treppenhaus. Dann gnade ihm Gott.
MSV war direkt die erste Meldung. Und während die Zebras sich schon in den ersten zehn Minuten zwei Kirschen fingen, reiherte sich der Lange die Seele aus dem Leib. Zum Glück schafft der das immer noch bis zum Lokus. Keine Ahnung, wie der das macht. Da glaubst du, der kann keinen Fuß mehr vor den nächsten stellen, dann rafft er sich plötzlich auf und schießt die zwölf Stufen runter zum Pott. Ein Glück, dass ich mir den Pott mit der ollen Kuschmierek von unten teile. Ihr Alter ist letztes Jahr gestorben und die Kinder sind schon lange aus der Bude. So ist unser Pott kaum besetzt und die Kuschmierek macht den immer klasse sauber. Der Lange hat aber auch selbst ein bisschen was weggewischt, mit seinem Hemd, der blöde Hund.
Die Zebras kamen zurück ins Spiel und kurz vor Schluss fiel das zweizwei. Der Abend fing gut an. Ich hatte noch eine ordentliche Pfeffersalami im Schrank und ein halbes Pfund Schwarzbrot. Damit haben wir uns dann eine Grundlage geschaffen, um bei Paul weiterzubechern. Von meiner Bude bis zu Paul sind das nur rund 150 Meter, und als der Lange und ich dort ankamen, war der Laden pickepacke voll. Solei war schon aus und Gerda, Pauls Olle, schaffte noch Frickos ran. Gedeck war einsfuffzich, und die Männer hatten alle einen Brand, als gäbe es kein morgen. Die paar Frauen, die da waren, soffen auch. Warum auch nicht? Irgendwann um zehn muss es eine Schlägerei gegeben haben. Jedenfalls kam mir der Lange mit blutender Nase entgegen, als ich gerade vom Lokus kam. Hat angeblich die Adelheid angegraben und die ist doch seit ein paar Tagen mit dem dicken Ede vom Schrottplatz zusammen und der hat dem Langen dann eine links und eine rechts reingesemmelt, sagte mir Paul. Dann haben sich wohl noch ein, zwei eingemischt und auch vom Ede was vor die Backen gekriegt und dann war wieder alles in Ordnung.
Irgendwie muss ich nach Hause gekommen sein. Ich habe nicht die Spur einer Ahnung. Auf jeden Fall habe ich den ganzen Sonntag kein Bein an die Erde gekriegt und gleich schmeißt mich der Wecker zur Frühschicht raus.
Die ganze Kacke von vorne.

DU NT 9

MOTORBIENE

Hallo da – hier kommen die Gentlemen!
Hallodri, Zocker und Stenz –
Are you ready to rock?
Are you ready or not?

Schau her – Thyssenstahl blankgeputzt!
Profil, Lampen und Chrom –
Are you ready to ride
on my new motorbike?

Und später dann gehen wir tanzen,
tanzen die ganze Nacht.
Später dann gehen wir tanzen,
wenn der Mond am Himmel erwacht.

Hallo da – komm eine Runde drehn!
Spaghetti, Kümmel und Kraut –
Are you ready to rock?
Are you ready or not?

Platz da – wir lassen alle stehn!
Asphalt, Schotter und Sand –
Are you ready to ride
on my new motorbike?

Und später dann gehen wir tanzen,
tanzen die ganze Nacht.
Später dann gehen wir tanzen,
hab den Mond schon mitgebracht.

DER SCHLÜPPER

»Rita!«
»Ja.«
»Sach ma, wo ist eigentlich mein Schlüpper?«
»Sach ma, hasse wat anne Augen?«
»Wie meinze dat?«
»Ja, wat glaubse, wo der is?«
»Ja, woher soll ich dat wissen?«
»Ja, hasse schomma rausgekuckt?«
»Wie meinze dat?«
»Ja, aufe Wäscheleine.«
»Ja, aber da is nix.«
»Wie, da is nix?«
»Da is mein Schlüpper nich.«
»Ja, aber Hemd un Unterhemd.«
»Ja, dat is da.«
»Dann is da auch der Schlüpper.«
»Nä, is nich.«
»Da musser aber sein.«
»Isser aber nich.«
»Un gezz?«
»Ja, wat weiß ich un gezz.«

STAUNEN LERNEN

Ich möchte wieder staunen lernen
staunen können wie ein Kind
bei Taschentricks verzaubert werden
von prallen Farben blind.

Von schrägen Tönen eingeschifft
in eine vergessene Welt
von fedrigen Wolken, die man trifft
wenn der Grauschleier sich erhellt.

Von Flugzeugdröhnen und Vogelsang
und ungegangenen Wegen
werden dem die Augen lang
der Schutz sucht vor dem Regen.

Ich möchte wieder staunen lernen
staunen können wie ein Kind
und trotz gereihter Straßenlaternen
keiner eine Richtung find!

LEDERTASCHE

»Jahrelang fühlte ich mich, wie kurz vor dem Verlöschen«, sagte der alte Mann. Ich fragte ihn, wie sich das anfühlt, kurz vor dem Verlöschen. »So wie eine Kerze kurz vor dem Ausblasen«, sagte der alte Mann. Doch wie kann er denn wissen, wie sich eine Kerze anfühlt, kurz bevor sie ausgeblasen wird, fragte ich ihn in dem heimlichen Triumph, ihn nun in der Falle zu haben. »Du weißt nichts vom Tod«, sagte der alte Mann. Was sollte ich wissen, wieso vom Tod und warum er überhaupt so komisch mit mir rede, bedrängte ich ihn. »Das allerdings weißt du ganz genau«, sagte der alte Mann nach der Rasur und schaute mich aus dem Spiegel an.

Ich packte die Thermoskanne mit dem frischen Kaffee, hoffentlich heute ohne Prött. Verstaute sie in der Ledertasche. Griff nach den Stullen in der Butterbrotstüte und steckte sie neben die Kanne. Verschloss die Tasche, gab Hilde einen Kuss auf die Wange und schwang mich auf meinem Drahtesel zum Werk.

Im Hafen liegt ein Boot,
das würd' so gerne schlafen.
Das frisst ja auch kein Brot,
drum liegt es hier im Hafen.

Es würd' so gerne schlafen,
das kleine Hafenboot.
Drum liegt es hier im Hafen
und frisst ja auch kein Brot.

Und frisst kein bisschen Brot
und liegt hier still im Hafen.
Das kleine Hafenboot
würd' so gerne schlafen.

Drum liegt es hier im Hafen
und frisst ja auch kein Brot
Es würd' so gerne schlafen,
das kleine Hafenboot.

HAFEN

BOOT

TUESDAY'S GONE

Ich hatte schon Recht, als ich mir am Wochenende mit dem Langen einen hinter die Binde gegossen hab. Als hätte ich es geahnt, macht heute Heike mit mir Schluss. Da hätte se sich auch wirklich keinen besseren Tag für einfallen lassen können, das Suppenhuhn. Erst macht mein Wecker schlapp, dass ich fast verpenne, dann hol ich mir auf meiner alten Möhre auf dem Weg zur Schicht einen Plattmann und dann noch das. Da steckt bestimmt der neue Schichtführer hinter. Dem ist se ja auch schon letzte Woche nachgestiegen. Wir waren nur tanzen, wenn ich so einen Scheiß schon höre. Blöde Kuh, die. Na, und wenn schon, soll se doch abhauen. In den Wind geschossen, so sieht's aus. Nur in den Wind.

20

LIED AN DER SEE

Bronzen geht der Tag dahin
im Quarzsand stochern die Zeh
nach Meeresspeisen steht der Sinn
wie schön ist doch die See.

Silbern tanzt die klirrende Luft
über dem blauen Grab
ringsherum metallener Duft
in dem ein Schrei erstarb

Golden regnet der Sonnenstrahl
deckt zu die blutende Gischt
und die Luft ist fest wie Stahl
in der ein Herz zerbricht.

Tonne hing in seinem alten Kordsessel. Er hatte einen Tee aufgegossen, der auf dem kniehohen Beistelltisch vor sich hin dampfte. Daneben, im Aschenbecher, dampfte der Rest einer Tüte, die Tonne gerade gezogen hatte. Dreiblattjoint. Grüner Türke wurde mit Drum geraucht. Schwarzer Afghane nur mit Old Holborn. Ein Genuss. Für den, der genießen kann. Tonne kicherte sich eins in seinem Sessel und bedauerte ein bisschen, dass es aktuell nur die erste Variante zu genießen gab. War ja kaum noch guter Schwarzer aufzutreiben. Teatime. Tonne goss sich in eine Tasse ohne Henkel ein. Er liebte es, das heiße Steingut in den Innenflächen seiner Hände von links nach rechts zu rollen. Er starrte gerne in die Tasse, wenn der Tassenrand sich entlang der Handinnenflächen bewegte und der Tee stillzustehen schien. Manchmal gab er etwas Milch zum Tee. I drink afternoon tea. Den Tee zu trinken wie ein Engländer – für Tonne ein echter Höhepunkt. Bis auf die Friesen verstanden die Deutschen ja nichts vom Teetrinken. Parfümierter Asienhaus-Quatsch. Was sollte das? Dann doch lieber Kamillentee. Oder Minze. Besonders Nanaminze. Ein Geschmack aus einer anderen Welt. Fast schon Orient. Tonne sah sich in einem Turban. Der Türke wirkte. Die Stones drehten auf dem Dual: It's so very lonely, you're two thousand light years from home.

Das Steingut war heiß. Eine Fliege kam vom Fenster auf ihn zu. Tonnes Kopf kippte zur Seite.

»Biddid biddit. Wo sind wir denn gelandet?«
»Keine Ahnung, auf jeden Fall stinkt es hier.«
»Vanille!«
»Vanille?«
»Hab den Dudorator an.«
»Ach so, ja, warte, jetzt.«
»Und?«
»Total Vanille.«
»Klar. Was ist Vanille?«
»Brockhauorator an.«
»Ach ja, Gattung der Orchideen. Würde sagen Bourbonvanille.«
»Kompletter upload?«
»Yep, Dudorator, Brokhauorator, Dierkorator, Langeorator.«
»Okay, was ist denn das für ein schnarchender Fleischklops da?«
»Laut Kriminalakte: Thorsten Terminat, genannt Tonne. Geboren am 02.01.1947. Gelernter Schlosser. Seit rund zwölf Jahren arbeitslos. Gelegenheitsdealer, Kleinkrimineller, Rockmusik-Fan. Sonntags geht er zu seiner Mutter, bringt einen Sack dreckige Wäsche und futtert sich den Bauch voll. Kein Sex seit sieben Jahren. Keine feste Bindung seit neun Jahren. Keinen Führerschein seit elf Jahren.«

»Totale Flasche also.«
»Loser.«
»Abhänger.«
»Nicht zu gebrauchen für den Plan.«
»Und nun?«
»Lass uns noch einen Blick in die Bude werfen.«
»Okay, Brainfood?«
»Uralte Bücher, Print, Bukowski, Kerouac, di Prima.«
»Musik?«
»Ausschließlich Vinyl.«
»Ach, du Scheiße, auch noch vordigital.«
»Namen?«
»Dave Edmunds, Flamin` Groovies, Jimi Hendrix.«
»Digitale Träger, nachdigitale Träger, Messagesends, Thoughts?«
»Nix, nicht einmal eine lausige CD.«
»Nicht einmal ein PC, Handy, Palm, Chip, ID-Set?«
»Nope.«
»In was für einer beschissenen vorsintflutlichen Zeit sind wir eigentlich gelandet?«
»Planet Erde, Jahr 1974 nach Christus, mitteleuropäische Zeitrechnung.«

»Das Meer hat noch nicht das Land gefressen?«
»Noch nicht.«
»Flammen in allen Tempeln?«
»Noch nicht.«
»Zusammenbruch aller Regierungen, Völkermord, Hungersnot?«
»Dauert noch.«
»Abspaltung der geistigen Elite?«
»Noch nicht.«
»Abspaltung der Hirne?«
»Dauert noch.«
»Dematerialisierung des reinen Wissens?«
»Noch ein bisschen später.«
»Junge, Junge. Und welcher E-Thought hat uns in diesen Ranzhaufen getrieben?«
»Reine Research-Message, impulsbestimmt.«
»Mit allen Sinnen genießen?«

Die beiden Gedankenimpulse eines reinen Wissens sahen sich verschmitzt an und bogen sich vor Lachen. Sie lenkten die Stubenfliege noch mehrfach durch das Zimmer von Tonne und ekelten sich vor dieser Daseinsform. Sollten sie das Erlebte wirklich ihrem Wissen melden?

Tonne erwachte schweißgebadet. Was war das nur wieder für ein beschissener Stoff?

Entkette dich vom Geisterschloss
Lass alle Bande fahren
Vertrocknet ist schon Hof und Schoß
Verrostet ist der Karren

Auf den Zinnen wächst und blüht
Kaum noch eine Distel
In der Erde fault bemüht
Selbst der Gedanke an die Mistel

Auch die Brücke – karges Gestäng
Kann kaum noch Bienen tragen
Und die Pforte – schimmlig und eng
Erübrigt alle Fragen

GEISTERSCHLOSS

WEDNESDAY MORNING 3 A.M.

Da liegt sie, als könnte sie kein Wässerchen trüben. Ist schon ne tolle, meine Heike. Wie sie hier so liegt, an mich geschmiegt, tief schlafend und ihr Haar über meine Brust fließt, nur vom Mond beleuchtet, das hat echt was.
Sie fühlt sich ganz warm und weich an und irgendwie, wenn ich sehe, wie sich ihre Brust beim Atmen bewegt, majestätisches Heben, sachtes Fallen, da zerreißt es mich, wenn ich dran denke, dass ich sie verlassen muss. Barras. Aber dieses Bild ist alles, was ich brauche.
Ich bin auch echt zu blöd, was lass ich mich auch erwischen. Für ne dusselige Pulle Mariacron. Zwei Monate Back oder Barras? Na ja, der stand eh irgendwann an.
Was für eine Kacke, zwischen Knast und Bund wählen zu müssen, nur um diesen Traum hier zu verlassen, das ist echt ein ganz beschissenes Drehbuch. Meine Süße, nur noch wenige Stunden bis zum Morgen.

WENN ICH WAS

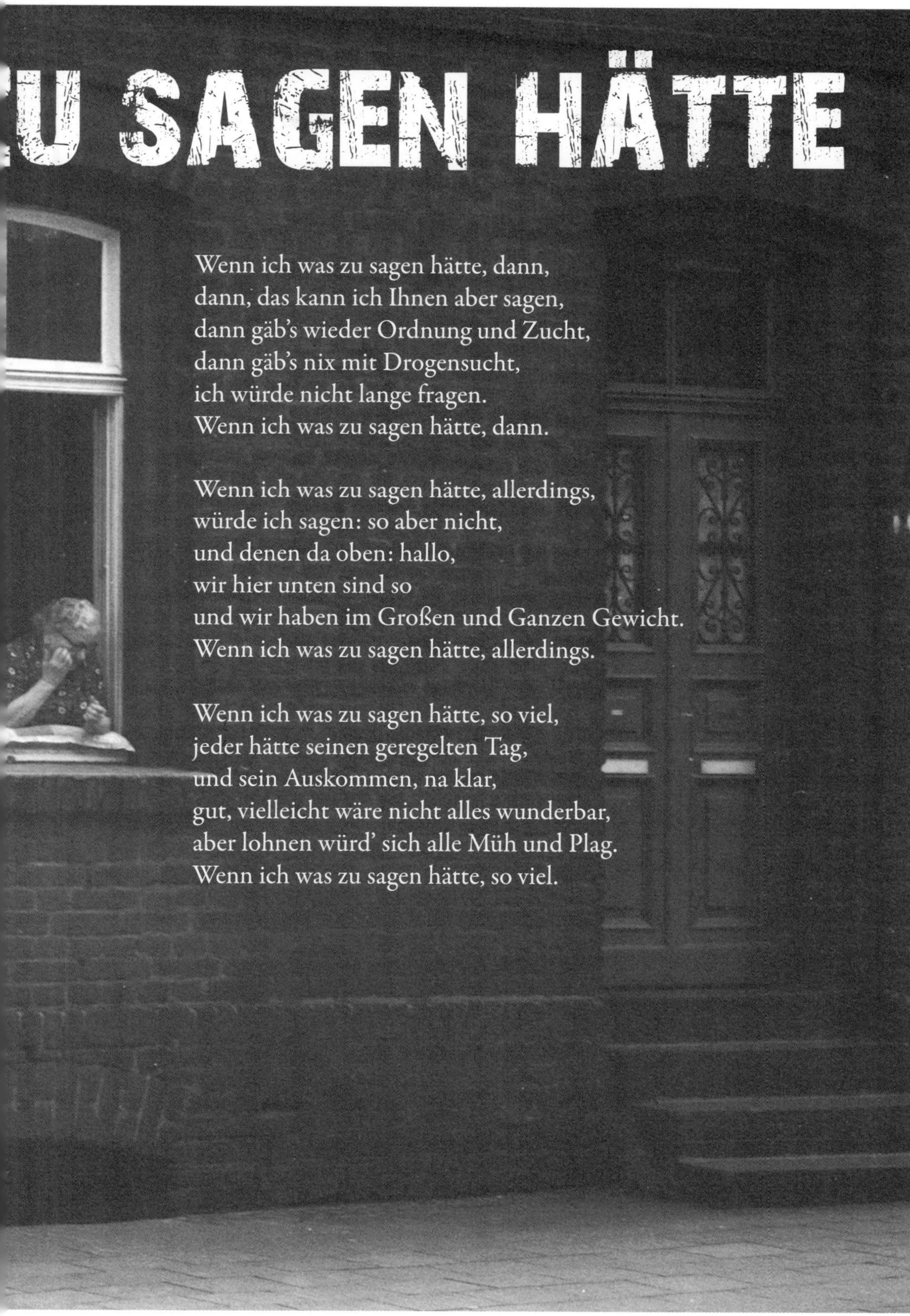

U SAGEN HÄTTE

Wenn ich was zu sagen hätte, dann,
dann, das kann ich Ihnen aber sagen,
dann gäb's wieder Ordnung und Zucht,
dann gäb's nix mit Drogensucht,
ich würde nicht lange fragen.
Wenn ich was zu sagen hätte, dann.

Wenn ich was zu sagen hätte, allerdings,
würde ich sagen: so aber nicht,
und denen da oben: hallo,
wir hier unten sind so
und wir haben im Großen und Ganzen Gewicht.
Wenn ich was zu sagen hätte, allerdings.

Wenn ich was zu sagen hätte, so viel,
jeder hätte seinen geregelten Tag,
und sein Auskommen, na klar,
gut, vielleicht wäre nicht alles wunderbar,
aber lohnen würd' sich alle Müh und Plag.
Wenn ich was zu sagen hätte, so viel.

OSTERN MUSS

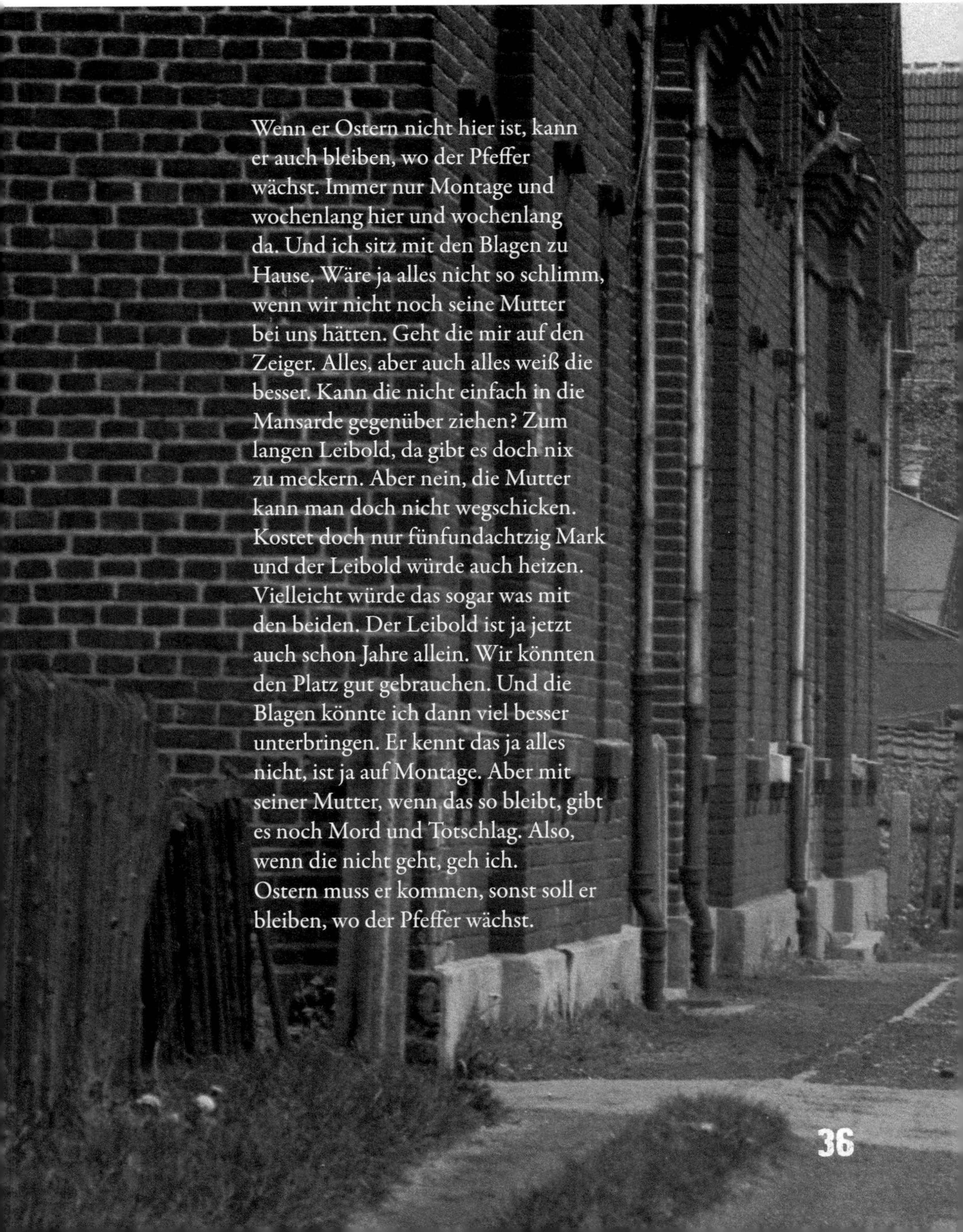

Wenn er Ostern nicht hier ist, kann er auch bleiben, wo der Pfeffer wächst. Immer nur Montage und wochenlang hier und wochenlang da. Und ich sitz mit den Blagen zu Hause. Wäre ja alles nicht so schlimm, wenn wir nicht noch seine Mutter bei uns hätten. Geht die mir auf den Zeiger. Alles, aber auch alles weiß die besser. Kann die nicht einfach in die Mansarde gegenüber ziehen? Zum langen Leibold, da gibt es doch nix zu meckern. Aber nein, die Mutter kann man doch nicht wegschicken. Kostet doch nur fünfundachtzig Mark und der Leibold würde auch heizen. Vielleicht würde das sogar was mit den beiden. Der Leibold ist ja jetzt auch schon Jahre allein. Wir könnten den Platz gut gebrauchen. Und die Blagen könnte ich dann viel besser unterbringen. Er kennt das ja alles nicht, ist ja auf Montage. Aber mit seiner Mutter, wenn das so bleibt, gibt es noch Mord und Totschlag. Also, wenn die nicht geht, geh ich.
Ostern muss er kommen, sonst soll er bleiben, wo der Pfeffer wächst.

ER KOMMEN

LASST DIE ORGANE

Auch ich wuchs auf,
ohne meine wahren Bedürfnisse zu
kennen.

Auch ich wuchs auf
als Gegner der Lärmbekämpfung.

Wie viel Herz hat die Leber?
Wie viel Herz in deinem Blut?
Wie viel Herz verträgt dein Herz,
bevor es zerspringt?

Ich bin gekommen,
um Veränderung zu bringen.
Und der ganze Raum ist Musik.

SCHWINGEN

ECKSTEIN

Eckstein, Eckstein, alles muss versteckt sein
hinter mir und vor mir
seh' ich keine Tür mehr
sehe ich kein Loch
Müll aber doch.

Eckstein, Eckstein, alles wird voll Dreck sein
hinter uns und vor uns
sehen wir kein Grün mehr
füttert uns kein Koch
Müll aber doch.

Eckstein, Eckstein, alles muss versteckt sein
hinter dir und vor dir
trinkt der Papa Pilsbier
läuft voll wie ein Loch
Müll aber doch.

Eckstein, Eckstein, alles wird voll Dreck sein
hinter ihr und vor ihr
über mir und unter mir
leben wir im Loch
Müll aber doch.

EIFELTURM

Wir wollten ja imma ma nach Paris, damals. Auffen Eifelturm und innen Luuvre und so. Innen Muulon Ruusch hätte ich ja nich gedurft, da wär die Monie ja gegen gewesen. Aber sonst wär datt sicher ganz schön geworden. Warum datt nie geklappt hat kann ich heute eigentlich nich mehr sagen. Erst fehlte datt Geld, dann kamen die Kinder und hinterher hatte ich et ja schon anne Lunge. Die Monie wollte dann mal mittem Kegelklub nach Paris. Da war ich dann aber gegen. Der Heinz auch. Demseine Krista war auch son Huhn. Auf Karneval immer der kürzeste Rock der Stadt. Dann noch drei Prickelwasser und die geht ab wie Schmitz Katze. Da hatte der Heinz natürlich Schiss. Na ja, so sindse auch nich nach Paris gekommen. Sindse inne Eifel gefahrn, war auch schön.
Naja Paris, watt sollet.

STATIONEN

Warum gibt's in meinem Leben immer nur Stationen?
Warum bleibt gar nichts von Bestand?
In mir scheint wohl ein ganz unruhiger Geist zu wohnen,
der noch sucht, was er noch nicht fand.

Manchmal laufe ich herum und plötzlich scheint mir alles klar.
Doch was klar ist, versinkt dann immer mehr,
und wieder stolpere ich herum
in Hirnwindungen, wo ich noch nicht war.
Der, der sucht, was er noch nicht fand.

Fahrer halt nicht den Wagen an, zeig mir noch Land und Meer.
Was es auch ist, morgen weiß ich's ja nicht mehr.
Und fange ich zu stolpern an,
dann nimm mich zu dir her.
Den der sucht, was er noch nicht fand.

Warum gibt's in meinem Leben immer nur Stationen?
Warum bleibt gar nichts von Bestand?
In mir scheint wohl ein ganz unruhiger Geist zu wohnen,
der noch sucht, was er noch nicht fand.

Manchmal brennt es mit mir durch und ich muss hinaus von hier.
Wo es auch ist – vielleicht auch raus aus mir.
Und ich stochere herum
in Erinnerungen wohlbekannt.
Der noch sucht, was er noch nicht fand.

Sag, wann komme ich zu mir, wann komm ich bei mir an.
Vielleicht geht das nur durch dich.
Und taumle ich wie dumm,
dann nimm mich bei der Hand.
Den der sucht, was er noch nicht fand.

Warum gibt's in meinem Leben immer nur Stationen?
Warum bleibt gar nichts von Bestand?
In mir scheint wohl ein ganz unruhiger Geist zu wohnen,
der noch sucht, was er noch nicht fand.

THURSDAY

Irgendwie fing alles an wie im
Traum: Heike wachte auf und
verabschiedete sich noch auf
ihre ganz besondere Art von mir.
Wir konnten auch wirklich nicht
wissen, wann wir uns das nächste
Mal sehen würden.
Hatte ich Butterknie beim
Aufstehen.
Dann musste alles ganz
schnell gehen, Tasche packen,
Stulle, Parka. Um 7.30 Uhr
hatte ich in Kupferdreh zu
stehen, Ruhrlandkaserne,
Kraftfahrzeugtransportstaffel.
Das wird wohl keine Liebe, das
wird nicht einmal etwas für eine
geile Nacht. Aber irgendetwas
muss ja da sein, wenn der Müll
der Tage weggefegt ist. Und dieses
Etwas heißt für die nächsten
500 Abende Etagenbett hinterm
Gitterzaun.

SEIFENKISTENRENNEN

Ach kuck mal an, der
Kudziok hat sich neue Räder
gegönnt. Die laufen auf
Vollgummi, Junge. Hat er
sich wohl aus der Werkstatt
geklemmt. Sausack, der.
Hat letztens am Tresen noch
erzählt, dass ihm nichts über
Holzräder geht. Kannst auch
keinem mehr glauben heute,
Junge. An der Lenkung
wollte er auch noch was
machen. Dann hat der ja
ne Rakete. Na, mal kucken,
vielleicht kann ich das ja hier
abknibbeln. Ich müsste doch
nur hier drunter und dann
den Ring da drüber. Junge,
kuck doch mal, ob keiner
kuckt. Ich hab das gleicht –
da –
jetzt –
ja –
und –
ach, Scheiße!
Da ist der Fingernagel ab.
Na warte, den machen wir
nass auf dem Fliegerberg.
Jetzt erst recht.

15
OPEL
BUNDES
FT
DEUTSCHES
SEIFENKISTEN
DERBY
OPEL
D
FIAT 124 SPORT

SICHTAUSFALL

Ein spannender Moment ist immer
der des ersten Sichtausfalls.
Unten links bricht die Kontur auf.
Beziehungen zum Objekt gehen in
die Brüche.
Es muss blond sein,
es muss brünett sein –
es macht nur Stress.
Das Holzschnittartige dieses
Bildausschnittes
vermittelt zu einem Großteil
das Gefühl der Blindheit.
Indirekt wurde über diesen Weg ein
Abenteuer ausgelöst –
das hat gut gefallen.

MANCHMAL MÖCHTE

MAN BLIND SEIN

Manchmal möchte man blind sein
wenn man sich umschaut
und nur das blanke Elend sieht
und nur in stumpfe Augen sieht
und nur den Abgrund vor sich sieht.

Manchmal möchte man taub sein
wenn man sich umhört
und nur von blankem Elend hört
und nur von stumpfen Augen hört
und nur den Abgrund rauschen hört.

Manchmal möchte man tot sein
wenn man sich umtut
und nur das blanke Elend fühlt
und nur die stumpfen Augen fühlt
und nur den Abgrund vor sich fühlt.

Manchmal möchte man blind sein
und es würde nicht reichen.

OLLE KARRE

Hotte schaut starr auf den Tümpel. Er will sicher sein, dass ihn keiner sieht. Dass keiner zusieht. Fast unbeweglich verharrt er in seiner Position, die er vor vier Stunden angenommen hat, und beobachtet den Tümpel. Was soll er machen? Einfach rausgeschmissen haben sie ihn, einfach so. Letzten Freitag, beim Überreichen der Lohntüte sagt der alte Schneiderbremser: »So, Hotte, dat is dann getz die letzte.« Er wollte fragen, die letzte, wie meinst du das. Er wollte fragen, die letzte, warum. Er wollte fragen, was habe ich denn gemacht, verdammt. Aber er hat nichts herausgebracht. Nahm die Lohntüte, zählte nicht einmal nach, ging zu Adelheid in die Kneipe und versoff die halbe Löhnung, bis er am frühen Morgen rausgeschmissen wurde, stockbesoffen. Und nun saß er am Tümpel und wartet auf den günstigsten Moment, seine olle Karre zu versenken. Bei Diebstahl würde die noch locker zweieinhalb bringen.

FRIDAY'S CHILD

Endlich, nach Wochen des Antretens und Gehorchens und Putzens und Einweisens, geht es nach Hause. Raus aus den grünen Plörren, rein in eine ordentliche Jeans. Spitze Stiefel, weißes Hemd, das raspelkurze Haar braucht kein Brisk.

Wo ist Heike, hat ihr keiner was gesagt? Der Lange ist schon nach Beek zum Rummel. Will wohl schon vorglühen. Ob Heike auch schon da ist? Na ja, wird wohl schon irgendwie hinkommen, kennt sich ja aus. Hat ja immer irgendeine Idee, und wenn es nur um ein Luftschloss geht. Aber irgendwie macht das Mut, Menschen mit Ideen. Da kann man nicht einfach aufhören, da muss man weitermachen. Da muss man dranbleiben. Da geht es richtig zur Sache und gibt's auch mal auf die Nuss. Das Leben ist doch wirklich wie die Raupe: Fingerst du bei voller Fahrt den Ring aus dem Sandsack, schauen dich alle neidisch an, und du genießt deine Freifahrt.

DREI ZU

Wir schreiben die siebenundsechzigste Minute, bisher führt England zwei zu null, doch dann kommt Beckenbauer, Beckenbauer lässt einen stehen, noch einen, zieht ab und zwei zu eins. Deutschland erzielt den Anschlusstreffer. Mensch, Ulf, jetzt mach doch mal hier. Ich muss nach rechts springen und du haust das Ding hier rein. Es geht hin und her, das Spiel wird ein echter Schlager, und dann in der zweiundachtzigsten Minute haut uns Uwe den Ball in das Netz, zack, mit dem Kopf. Zwei zu zwei, Deutschland liegt sich in den Armen, die Engländer kucken bedröppelt aus der Wäsche. Ulf, du jetzt, Uwe. Mach doch mal mit dem Kopp. Und dann ist Abpfiff, das heißt, im Viertelfinale geht es in die Verlängerung. Die Spannung ist kaum zu ertragen. Kann Deutschland den amtierenden Weltmeister aus dem Turnier werfen? Noch wissen wir es nicht, da kommt der Anpfiff. Ulf, Ulf, du bist jetzt Hennes Löhr und passt in der hundertachten Minute den Ball zu Andreas rüber, also Gerd Müller. Gerd Müller zieht ab und Tor, Toor, Tooor. Deutschland England drei zu zwei. Der Weltmeister ist geschlagen. Sauber, Ulf.

ZWEI

ABGEWETZT

Das Leben hat mich abgewetzt
in endlos lahmen Stunden.
Die Haut nur noch ein Narbenhemd,
das Herz ist voller Schrunden.

Die Beine tragen nicht mehr weit,
taugen nicht zum Sprunge.
Vergessen alle Heiterkeit,
bleischwer liegt nun die Zunge.

Das Sonnenlicht erhellt nicht mehr,
mich friert's bis auf die Knochen.
Des Tags fällt mir das Atmen schwer,
des Nachts auch noch das Hoffen.

Und wenn ich heute gehen müsst,
ich weinte keine Träne,
ich träte vor den Schöpfer hin
und zeigte ihm die Zähne.

Nieten
Jeder
gewinnt
Die lusti
Nagele
3 Schlag

Eins
Zwei
Drei

Drilling
Drei Musketiere
Die heilige Dreifaltigkeit

Eins
Zwei

Zwilling
Zwei Liebende

Eins

Allein

DREI

SATURDAY NIGHT'S ALRIGHT FOR

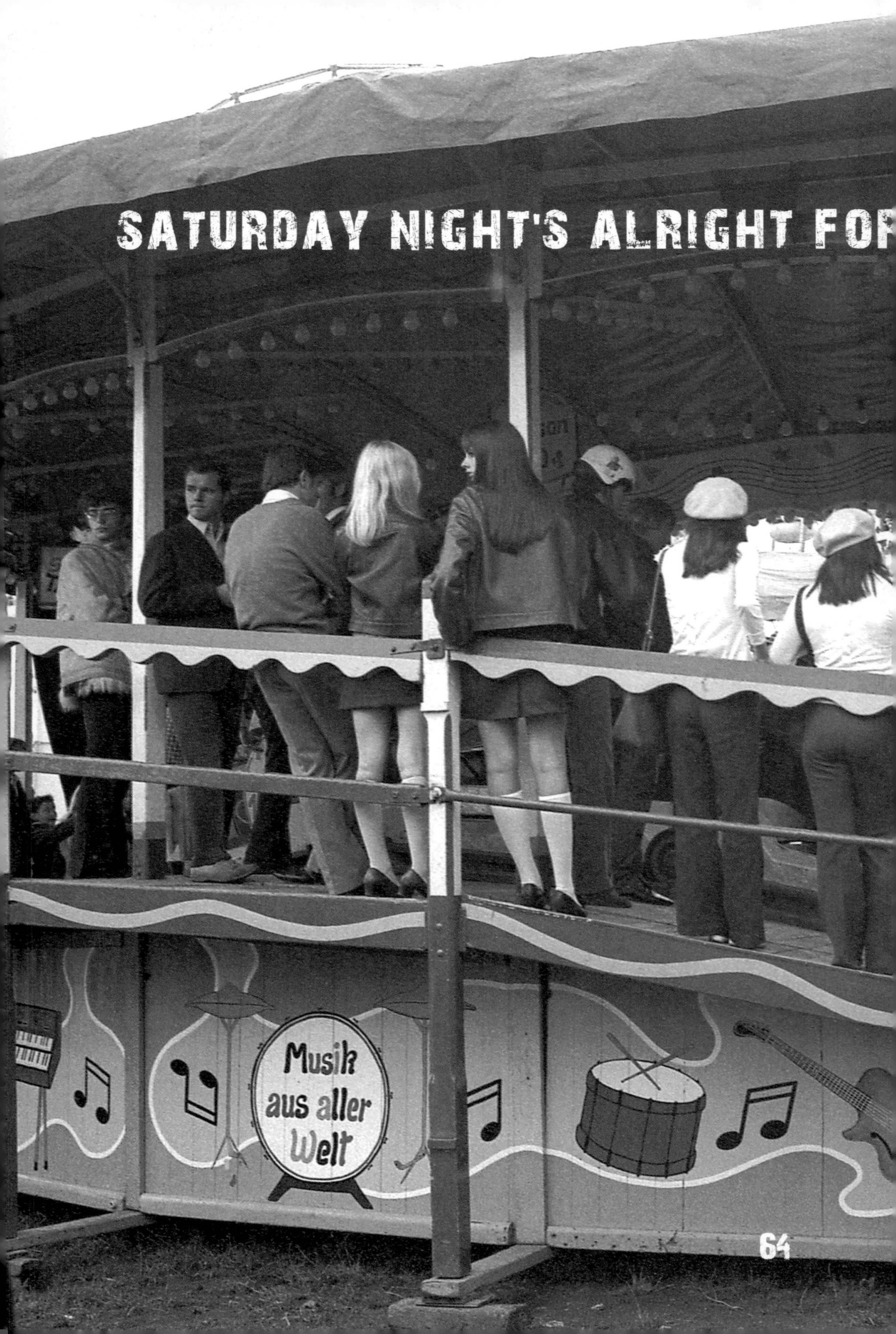

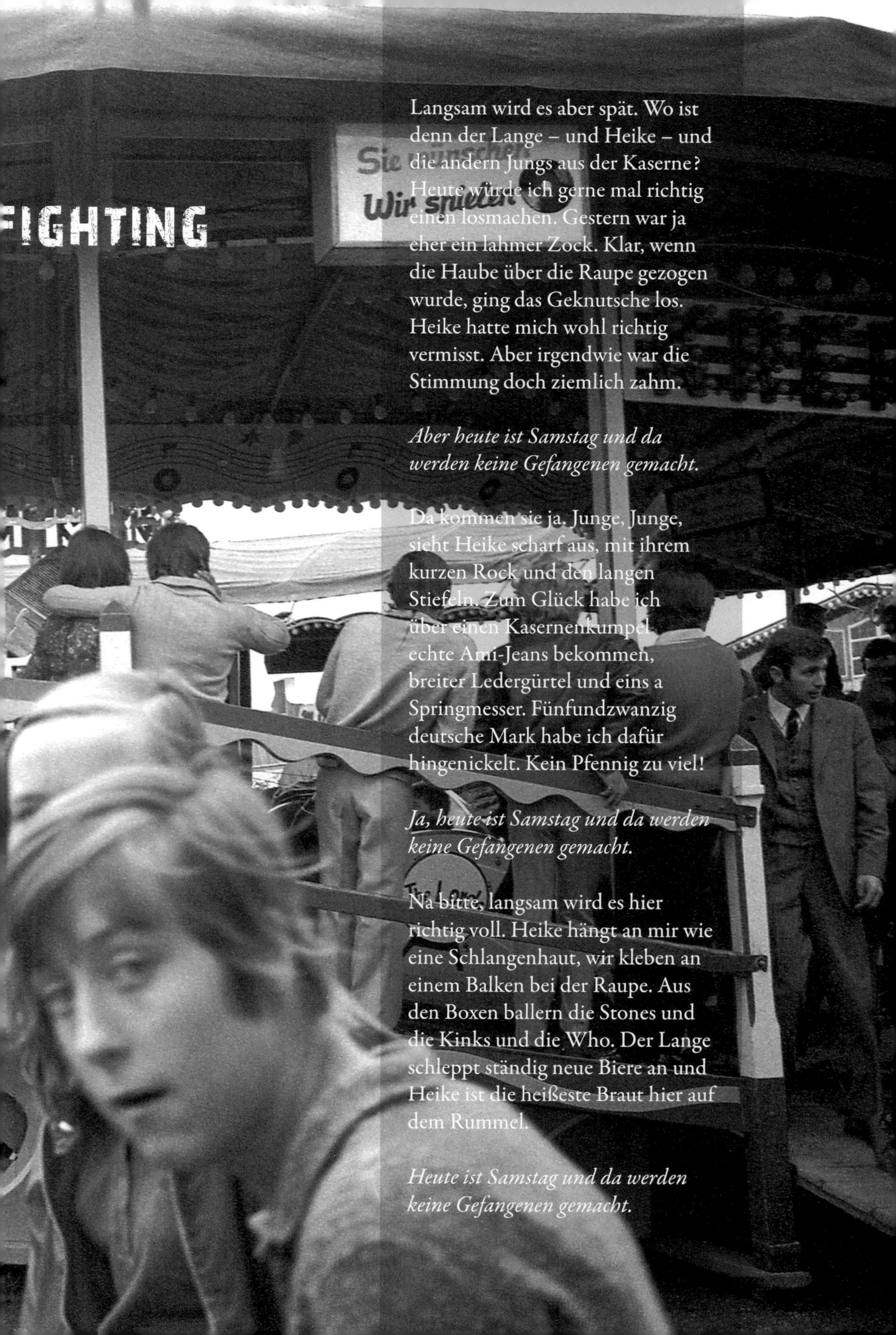

FIGHTING

Langsam wird es aber spät. Wo ist denn der Lange – und Heike – und die andern Jungs aus der Kaserne? Heute würde ich gerne mal richtig einen losmachen. Gestern war ja eher ein lahmer Zock. Klar, wenn die Haube über die Raupe gezogen wurde, ging das Geknutsche los. Heike hatte mich wohl richtig vermisst. Aber irgendwie war die Stimmung doch ziemlich zahm.

Aber heute ist Samstag und da werden keine Gefangenen gemacht.

Da kommen sie ja. Junge, Junge, sieht Heike scharf aus, mit ihrem kurzen Rock und den langen Stiefeln. Zum Glück habe ich über einen Kasernenkumpel echte Ami-Jeans bekommen, breiter Ledergürtel und eins a Springmesser. Fünfundzwanzig deutsche Mark habe ich dafür hingenickelt. Kein Pfennig zu viel!

Ja, heute ist Samstag und da werden keine Gefangenen gemacht.

Na bitte, langsam wird es hier richtig voll. Heike hängt an mir wie eine Schlangenhaut, wir kleben an einem Balken bei der Raupe. Aus den Boxen ballern die Stones und die Kinks und die Who. Der Lange schleppt ständig neue Biere an und Heike ist die heißeste Braut hier auf dem Rummel.

Heute ist Samstag und da werden keine Gefangenen gemacht.

TANZEN

Weißt, du Wolfgang, als ich damals die Heide hier langgeschoben habe, da war das ja noch eine ganz andere Zeit. Damals, direkt nach dem Krieg. Ich habe ja noch hochschwanger im Bunker gesessen und danach kiebitzen auf den Feldern. Aber irgendwie sind wir immer satt geworden. Haben zwar so manches Mal gefroren im Winter, sind aber irgendwie durchgekommen. Irgendwie. So manches Mal habe ich mich gefragt, wie wir das eigentlich geschafft haben, damals. Und heute? Na ja, die jungen Leute wollen ja ihr eigenes Leben leben und ist ja auch gut so. Weißt du Wolfgang, die Heide habe ich ja großgezogen ohne Vater, ohne Arbeit und ohne eigenes Zuhause. Wir haben alle bei Muttern gewohnt, zweiundvierzig Quadratmeter, sechs Leute. Vattern ist im Krieg geblieben, mein Walther auch. Ach, mein Walther, was konnte der tanzen. Tanzen. Ach ja, tanzen, wann war ich eigentlich das letzte Mal tanzen? Das war wirklich ein anderes Leben.

Ich wär so gerne das und das gewesen,
gerne dieser oder jener Mann.
Jetzt steh ich hier und lebe von den Spesen,
wie man von Spesen leben kann.

Ich wär so gerne die und die gewesen,
gerne jene oder andere Frau.
Doch ich steh täglich hinter einem Tresen,
vor mir sind sie so oder anders blau.

Und das Gras ist immer grüner,
auf der anderen Straßenseit'.
Und die jüngsten stärksten Hühner
kommen in den Ofen heut'.

Ich wär so gerne der und der gewesen,
wär so gerne er und er.
Jetzt bin ich hier und klebe an'em Besen,
außer Besen nicht viel mehr.

Ich wär so gerne die und die gewesen,
gerne sie oder auch sie.
Doch außer Suff und Bett und Karten lesen
gab's nicht viel anderes nie.

Und die Luft ist immer klarer
in dem ander'n Teil der Stadt.
Und der kräftigste Kohlenfahrer
heute keine Ladung hat.

WÄR SO GERNE GEWESEN

SUNDY MORNING

Mein Kopf! Was war denn gestern noch los? Und wo bin ich überhaupt und warum bin ich hier allein? Wie sieht denn das aus hier? Überall Plörren und es stinkt echt widerlich. Glocken-Terror, hört auf damit, mein Kopf platzt.
Kuck dich doch mal um, irgendwer wird gleich schon sagen, dass alles in Ordnung ist. Aber – das ist doch nicht Heikes Wohnung. Das ist auch nicht meine. Bin ich beim Langen? Und wo ist der überhaupt? Musste ja wieder das Maul aufreißen und hat richtig was draufgekriegt. So schnell konnte ich gar nicht kucken, wie die dem was vor die Backen gekloppt haben.
Mit den Kirmesjungs sollte man sich wirklich nicht anlegen. Wie die Ratten! Plötzlich standen die überall, und links, rechts, links, rechts klatschte der dicke Glatzkopf blind in jedes Gesicht.
Zum Glück konnte ich Heike noch irgendwie da rausbringen, sonst hätte die sich auch ein paar gefangen.
Und morgen geht die ganze Scheiße wieder in Kupferdreh los.
Mein Kopf.
Was für eine Zeitverschwendung.

Ayten
KÖNIG

FICKE DU

Ich ficke du
Du mich auch!

Ich ficke du
Auf'em Bauch.

Ich ficke du
Du auch mich!

Ich ficke du
Oder nich?

Ich ficke du
Hasse gesehen?

Ich ficke du
Fand'ste schön?

Ich ficke du
Oder nich?

Ich ficke du
Du auch mich?

Ich ficke du
Auf'em Bauch?

Ich ficke du
Du mich auch!

KOMM KIND

Jetzt komm doch. Lass den Quatsch liegen. Wo kuckst du denn schon wieder hin? Ach, Kind, soll das denn immer so weitergehen? Ich weiß doch auch nicht, was der Alte hat. Schon wieder total besoffen aus der Kneipe gekommen. Hat die halbe Lohntüte auf den Kopf gehauen, der Saftsack. Wollte mich dann nachts noch anpacken. Da hab ich ihm aber auf die Griffel gekloppt. Dem Suffkopp. So ja nicht! Nicht mit mir.

Ach, Kind, zieh doch nicht so. Meinst du denn, ich hätte mir nix anderes vorgestellt? Genau wie bei mir damals zu Hause. Na, und dann war Kirmes. Und ich gerade 17. Und dein Vater frisch vom Bund auf Urlaub. Sah schick aus mit der Uniform. Drei, vier Kirschlikör hat er mir spendiert. Ich hatte ja den ganzen Tag nix gegessen. Na, und dann isses passiert.
Ach, komm, Kind, komm. Die Kartoffeln müssen auf dem Tisch stehen, bevor der Alte zu sich kommt.

AKTION

Da werden wir ja ganz viel sehen!
Aktion.
Ich trete hier jetzt voll dage'n!
Aktion.
Ich reiße das jetzt sofort raus!
Aktion.
Eins, zwei, drei, geh nach Haus!
Aktion.

Hasse inne Bux gepisst?
Aktion.
Oder hasse eingeknipst?
Aktion.
Ich kack innen Reifen rein.
Aktion.
Kuck ma nich so deppert drein.
Aktion.

Dieses Ding is totes Blech.
Aktion.
Heute kommt mir das ganz recht.
Aktion.
Heute lass ich einen geh'n.
Aktion.
Sowas hasse nich geseh'n.
Aktion.

Aktion.

JUERGEN

Kassel, 1969 in seiner ersten eigenen Wohnung.

1944 geboren. Aufgewachsen im Ruhrgebiet und lebt jetzt in Duisburg. Ausbildung und Arbeit als Chemielaborant Studium der Fotografie an der Kunsthochschule für Medien Köln ehemals »Werkkunstschule Köln« bei Arno Jansen. Mitarbeiter des Jazzmusikfördervereins, JAM (heute Traumzeitfestival). Selbstständig als Grafiker. Jetzt Rentner und Fotograf.

Einzel- und Gruppenausstellungen, Photokina und andere. Deutscher Jugendfotopreis und Aufnahme in das Pixel-Projekt-Ruhrgebiet 2009.

Bücher vonne Ruhr
Verlag Henselowsky Boschmann
Postfach 10 02 31, 46202 Bottrop
Internet: www.vonneruhr.de
E-Mail: post@vonneruhr.de

ZEPP

Oberpichler, 1967 auf dem Beifahrersitz eines VW-Käfer. Später kamen die Goldenen Jahre und das Auto war ein Opel Record C.

Jahrgang 1967, Duisburger. Ab 1979 schreibt er Texte und bringt sich Gitarre spielen bei. 1983 gründet er montags seine erste Band und hat freitags drauf sein erstes Konzert. Mitte der 80er Jahre gewinnt er den Duisburger Nachwuchspreis für Lyrik. 1988 formt er »Jimmy Keith & his Shocky Horrors«, mit denen er bis heute gelegentlich tourt und rund 15 Platten herausbringt, einige davon exklusiv in Japan und U.S.A. Von 1988 bis 1993 Studium Germanistik mit Abschluss Magister. Ab 1990 Plattenveröffentlichungen u.a. mit: Zepp Strange, Die Kinskis, Jeff Dahl Group (U.S.A.), Mars Moles (Slowenien), Nikki Sudden (England), Freddy Lynxx (Frankreich), Golden Arms (Japan). Ab 1994 selbstständig mit eigener Agentur. 2002 erscheint der erste Roman »Die Stones sind wir selber« – eine Zusammenarbeit mit seinem alten Kumpel und Weggefährten Tom Tonk. 2009 erscheint der Rock'n' Roll Roman »Gitarrenblut«. 2009 erscheint das schlicht »Januar« betitelte Debut von OBERPICHLER. Ruhige, deutschsprachige Songs aus dem verschütteten Leben. Eingefasst in ein künstlerisches Gesamtkonzept werden die Lieder im Rahmen von Vernissagen live präsentiert. 2010 erscheint in Zusammenarbeit mit dem WDR das Buch »Von Menschen und Orten«, in dem Ruhrgebietsautoren ihren persönlichen Lieblingsplatz in ihrer Heimatstadt vorstellen. Oberpichler wurde für Duisburg ins Rennen geschickt und schreibt über den Schallplattenladen 33 1/3. 2012 erscheint das neue Oberpichler-Album »Kleine Kreise« bei Oh-Records.